Diario de viaje

D1384964

A Diana y Mirilde
y también a Lila

Diario de viaje
Sea Journal

Prohibida la reproducción de esta publicación en su totalidad o en parte, tanto como su mantenimiento o acumulación en un sistema de archivo, su transmisión por medios electrónicos, mecánicos, de fotocopia, grabación o cualquier otra forma, excepto con previo permiso por escrito de la editorial. Para obtener información relacionada con tal permiso, escribir a Scholastic Inc., 555 Broadway, New York, NY 10012.

No part of this publication may be reproduced in whole or in part, or stored in a retrieval system, or transmitted in any form or by any means, electronic, mechanical, photocopying, recording, or otherwise, without written permission of the publisher. For information regarding permission, write to Scholastic Inc., 555 Broadway, New York, NY 10012.

Derechos de autor © Irene Vilar
y Pedro Cuperman, 1996.
Derechos de ilustraciones
© Scholastic Inc., 1996.
Todos los derechos reservados.
Publicado por Scholastic Inc.
Impreso en los Estados Unidos de América.

Text copyright © 1996 by Irene Vilar
and Pedro Cuperman.
Illustrations copyright
© 1996 by Scholastic Inc.
All rights reserved.
Published by Scholastic Inc.
Printed in the U.S.A.

ISBN 0-590-93737-5

2 3 4 5 6 7 8 9 10   34   03 02 01 00 99 98 97

Diario de viaje

Escrito por
Pedro Cuperman
&
Irene Vilar

Ilustrado por Raúl Colón

WEST BRIDGEWATER PUBLIC LIBRARY

1

JUNIO 2. —Suelten amarras —gritó el capitán Rivera desde la cabin del Mazapán. Salieron a motor por el canal del Government Cut. Una vez en mar abierto izaron las velas. El Mazapán puso la proa rumbo a las Bahamas para cruzar desde allí al sur-sureste y navegar con los vientos predominantes del este a Santo Domingo. Las luces de Miami se veían en la distancia hasta casi treinta millas afuera.

Navegaban hacia el sureste.

Noé y Marina se habían acurrucado en la cabina. El padre, a quien todos llamaban Capitán, tenía las manos en el timón y en el hombro al loro Juan Pintado.

—¿Y cuándo te subirás a mi hombro, lorito? —dijo Noé.

—No va a ser fácil —le dijo Pepe—. Alguna vez alguien debió hacerle daño, quizá cuando le cortaron las alas.

Noé venía tratando de hacerse amigo del loro desde que partieron de Miami, y hasta llegó a ofrecerle una galletita de dulce de guayaba. Pero sin suerte.

—Es el loro más desconfiado de la Tierra —dijo Pepe.

—Y el más miedoso —agregó Marina.

Noé recordó que al salir de Miami hizo mal tiempo. El viento aullaba en los obenques. Las olas golpeaban con mucha fuerza contra el casco y al bajar le pareció ver a Juan acurrucado bajo una de las cuchetas, en el camarote del Capitán.

A Noé y a Marina les gustaba oír muchas veces la historia de Juan Pintado. Sobre todo si la contaba Pepe, que tenía la costumbre de repetir las palabras y casi siempre empezaba diciendo:

—Es la historia de inmigrante más curiosa que conozco. La más curiosa...

—Cuenta, cuenta, Pepe —se apresuraban a decir ellos.

—No va a faltar oportunidad, chicos —respondía Pepe.

—Está por salir el sol —anunció Noé. Y señaló con la mano un punto lejano en el horizonte.

En las últimas horas de la noche anterior había refrescado y el viento se fue a la nariz del barco. Ahora volvió a girar al Este, después de dar toda la vuelta.

En ese momento se oyó el ruido de un avión que venía acercándose de la dirección del viento.

—Parece un pájaro —dijo Noé—. Quizá viene a ver si todo está bien en alta mar.

Marina alzó la vista y se quedó esperando.

El avión se fue acercando hasta que les pasó por encima, muy bajito. Luego dio unas vueltas en espiral, hasta casi rozar el mástil. Y por último se alejó, dejando tras de sí una larga estela de aire tibio. Según Marina pasó tan cerca que hasta pudo ver la cara del piloto, que parecía saludarla con la mano.

—Es un avión patrullero de la Guardia Costera —dijo el Capitán.

Noé y Marina prestaban mucha atención a todo lo que decía el padre. Y a lo que no decía. Como cuando recibió la noticia de que habían vendido el Mazapán y él se quedó mirando el cielo muchas horas, en silencio. Hacía varios años que capitaneaba el Mazapán. Ahora debía llevarlo a otro puerto, y entregárselo a sus nuevos dueños, unos comerciantes en la isla de Bequia. La noche antes de partir, los capitanes de los otros barcos le organizaron una fiesta con serpentinas y música. Al principio, Noé y Marina no sabían a qué se debía tanto festejo. Pronto descubrieron que esa fiesta era la despedida para un capitán y para un barco. Porque el capitán Rivera era el orgullo de los navegantes que hacían la navegación entre Nueva York y La Florida. Pero también lo era el Mazapán. Y habían venido a desearle buen viaje a la tripulación. Y además a decirle adiós a un gran barco. Y a desearle buena suerte en su futuro puerto.

Noé y Marina se sentían orgullosos de ser parte de la tripulación. Aunque ninguno de los dos sabía cómo y por qué navega un barco. Cuando el viento soplaba de atrás era fácil. Y con el motor, se entendía... es un automóvil lento, les había dicho Pepe, al zarpar. Pero todo lo demás, la forma de las velas, los instrumentos, y hasta las palabras, todo eso les parecía difícil de entender.

Al mediodía el Capitán miró el barómetro.

—Dentro de poco subirá Pepe a hacerse cargo del timón y debo anotar en el diario la posición del barco. En fin, la hora, el rumbo, y la cantidad de millas navegadas.

JUNIO 6. 13:00. Ya vamos dejando el Este y apuntando más al sureste/sur. Estamos a unas 400 millas al noreste de Samana. Un viento fresco sopla a quince nudos.

—Papá, ¿por qué hay que entregar el Mazapán? —preguntó Noé.

—Porque sus dueños lo han vendido.

—Y nosotros, ¿tendremos nuestro propio barco algún día?

—Algún día —dijo el padre.

—Porque me gustaría navegar, ver el mar...

—Pero Noé, ¿dónde crees tú que estás ahora? Mira a tu alrededor. ¿Qué ves?

—Pues... nada... el agua...

—Mira bien, Noé.

Noé se acordó de la escuela. De los cuentos que le hacían leer en voz alta:

—Pues, veo el mar azul, y veo el viento, y ayer vi peces voladores y también vi otro barco, y hoy vi una ramita de sargazo y esta noche veré las estrellas...

—Y las sirenas —agregó Marina.

—Nadie ha visto una sirena —dijo Noé.

—El viento se ve.

—Sí, pero puedes sentirlo en la piel. ¿No lo sientes?

—Creo que no... —dijo Marina.

—No se preocupen, hijos, que acaba de morir el viento y si no encuentran algo para hacer, ¡hum! el mar con buen tiempo puede ser muy aburrido.

Parecía un avión, pero cuando estuvo más cerca se vio que era un gran pájaro que volaba majestuosamente y que de a ratos se quedaba flotando en el aire, sin aletear. Luego de dar unas vueltas descendió suavemente a popa del Mazapán y se posó en la estela del agua.

—¿Qué clase de pájaro es? —preguntó Noé.

—Una garza azul —dijo el padre—. Tienen sus nidos en la costa. Pero a veces se meten mar adentro y se pierden. O los coge una tormenta y van a parar a otras tierras.

Noé observaba las maniobras del pájaro con gran emoción.

Pero Marina se puso a saltar y a gritar.

—¡Es inmenso, Noé! ¿Por qué no le ofreces una de tus galletitas?

Noé bajó corriendo casi sin pensar y cuando volvió a cubierta con la galletita en la mano ya el pájaro había alzado vuelo. Noé alcanzó a ver cómo se alejaba tras las olas.

Se quedó mirando sin saber qué hacer con la galletita.

Juan Pintado aleteó. Husmeó. Chilló.

—Te la doy si te me subes al hombro —dijo Noé.

Como única respuesta Juan se movió hacia la izquierda, hasta acercarse a la oreja del Capitán, como si fuera a susurrarle un secreto.

—Entonces se la daré a los peces —dijo Noé. Y asomándose por la borda de popa arrojó la galletita al mar. La galletita quedó un rato dando vueltas, en tirabuzón. En seguida comenzó a derivar hasta perderse de vista.

—¡Hombre al agua! —gritó Marina.

—Eso no se hace, Marina —dijo el Capitán—. Ni aun en broma. Es lo peor que podría ocurrirle a un navegante.

Pepe se asomó por la escalera de cubierta medio dormido, vio que era una falsa alarma, y desapareció, protestando.

En la noche, antes de acostarse, hablaban de los pájaros que se pierden en las tormentas. Noé abrió un libro y sacó la postal de tío Mikey. Estaba fechada en Veracruz, y era un pájaro nadando entre burbujas marinas.

Pepe, que se preparaba a hacerse cargo del timón, se acercó al camarote de los niños para desearles buenas noches.

—¡Hombre al agua, eh!

—Perdón, Pepe.

Parecía que iba a regañarlos, pero Pepe no sabía pasar mucho tiempo sin sonreír.

—No se preocupen. A mí también me pasó.

Noé y Marina se miraron y entonces Pepe vio la postal con el pájaro.

—¡Qué bella postal! ¿De quién es?

—Mía —dijo Noé.

—¿Todavía piensas en el pájaro de esta mañana, eh? —preguntó Pepe.

—Sí.

—Cuando vivía en Samana yo siempre quise tener un pájaro. Me fui y a mi hermana Carmen le regalaron un loro de monte. Pobre. Las historias de mordidas que me contó mamá de ese loro son muy divertidas. Pero creo que es hora de que les cuente la verdadera historia de este otro loro, Juan Pintado.

—Y tú, ¿cómo la sabes?

—Una parte me la contaron, otra parte la leí en el Diario de a bordo, y lo demás me lo imagino.

7

Luego miró para atrás, como si buscara asegurarse de que no había nadie tras la puerta entornada de la cabina, y con una voz muy baja dijo:

—En la costa de Venezuela, en una de las hermosas playas tan visitadas por el turismo, tenía su tienda un comerciante de animales exóticos y el más curioso era un loro multicolor llamado Juan, a quien por cinco bolívares los turistas fotografiaban creyendo que, efectivamente, se trataba del último representante de una especie extinta. Había sido vendido a un comerciante del Yucatán y con otros animales de la región, trasladado a la costa de Venezuela. Allí el comerciante de animales exóticos le pintó las plumas, con pintura no tóxica, por supuesto, para que tuviera la apariencia de los papagayos exóticos que abundan en la cuenca del río Orinoco. De esos que de cuando en cuando aparecen junto a los mapas del trópico del continente americano.

El loro se burlaba de los cautos turistas, advirtiéndoles del error. Mas como lo hacía en el dialecto de los loros, nadie lo entendía. Un pintor de retratos se interesó por él. Como no tenía dinero, ofreció un antiguo reloj de bolsillo que había heredado de sus antepasados y un doblón español que había encontrado mientras buceaba entre los corales de Isla Mujeres.

—Si usted me da el animal yo le prometo pintar los más bellos retratos y podremos venderlos por cantidades fabulosas.

El comerciante no dudó y ese mismo mes el pintor se instaló en una tienda cercana a la playa, donde el loro multicolor sirvió de modelo para los mejores retratos de animales que jamás se hayan visto en la costa de Venezuela. Cuando llegaron las fuertes lluvias, de ésas que suelen tener lugar en el trópico y que arrasan con todo, las aguas inundaron las calles y las casas. Empaparon a hombres, mujeres, niños, y animales. Empaparon también al loro multicolor, despintándolo, y dejándolo tan verde como había sido cuando llegó a este mundo.

A pesar de la gran desilusión, la gente del pueblo, sobre todo los niños, se encariñaron tanto con el loro que decidieron adoptarlo y volverlo la mascota del pueblo. Lo bautizaron Juan Pintado. Y así lo llama todo el mundo desde entonces.

A medio día, con buen viento, navegaron con las velas bien hinchadas.

La proa del Mazapán cortaba el agua en pequeños zigzagues, abría pequeñas olitas espumosas, "como bigotes", al decir de Marina, donde se reflejaban todos los colores del atardecer.

Desde muy niño Noé amaba el mar, aunque— en sus primeros años sólo había visitado las playas de Nueva York y las de La Florida. La vez que vio otro mar fue cuando habían volado a México a visitar a un tío en la ciudad de Veracruz. Noé tenía cinco años, Marina acababa de cumplir tres.

—¿Veracruz? ¿Veracruz? De ahí soy yo —dijo Pepe.

—¿Pero cómo? ¿No eras de Santo Domingo?

—Bueno, en Santo Domingo nací, más precisamente en Samana, pero me crié en El Salvador.

—Pero El Salvador no es México.

—Bueno, quería decir que no era sólo de Santo Domingo. Ahí ahora viven mi madre y mis hermanas. Pero mis antepasados vienen de Veracruz, según dicen. Además, de ahí también vienen las marimbas.

—Si mal no recuerdo, un día me dijiste que tus antepasados venían de Nicaragua.

Bueno, todos vienen de otra parte. Unos del golfo de Fonseca, en la mismita frontera, otros de... Pero mi bisabuelo José... En fin, a todos nos mueve un poco la curiosidad y otro poco la pobreza. Esto último bastante, déjame decirte.

—Y de todos esos países, ¿cuál extrañas más, Pepe? —preguntó el Capitán.

—No sé, Capitán. No lo sé, de verdad. Casi siempre el último que visito. Me cuesta irme, me cuesta decir adiós.

Con la mano al timón, el Capitán se esforzaba por anotar la posición del Mazapán en la carta de navegación.

—¿No quieres que te ayude, papá? —dijo Noé.

Juan Pintado lo miró con desconfianza. Sólo miraba así a

quienes se pusieran cerca del Capitán. Noé alargó un dedo y el loro tiró la cabeza hacia atrás, amenazándolo con el pico, hasta que se viró, y con sus patitas de alambre empezó a bailotear y a menear la cabeza, y a picotearle la oreja al Capitán.

Noé esperó a que Juan Pintado se distrajera con una zanahoria que le dio el Capitán, para acercarse a mirar nuevamente la carta.

—¿Dónde queda Venezuela, papá?

El Capitán acarició la cabeza del loro.

—A ver Juanito, muéstrale a Noé dónde queda.

Y por primera vez Juan Pintado descendió del hombro del Capitán y se paseó con orgullo por la carta. Por fin, adelantó una de sus patas y se quedó mirando un punto, como hipnotizado.

—¡Yucatán! ¡Yucatán! —dijo.

—Eso no es Venezuela —dijo el Capitán.

—¡Yucatán! —repitió inclinándose cada vez sobre la carta, como si la estuviera leyendo.

—Está bien, Yucatán —dijo el Capitán—. Y ahora como premio, Noé te dará una de sus galletitas de guayaba.

Juan Pintado abrió las alas y soltó un grito agudo de protesta. Parecía furioso. Y el Capitán no tuvo más remedio que alzarlo con un dedo, llevárselo nuevamente al hombro y hablarle al oído, bajito, para tranquilizarlo.

—¿Qué le pasa a Juan, papá? —preguntó Noé—. Parece nervioso.

—Quizá huele algo en el aire —dijo el padre—. Algo que lo tiene inquieto.

La respuesta estaba en la popa del barco. Nadie supo decir cuánto tiempo había estado ahí ese pájaro. Parecía uno de esas garzas que se aventuran a meterse mar adentro. Pero fuera lo que fuera el pájaro estaba ahí, y no dejaba de mirar con desconfianza la escena y a Juan Pintado.

—Quizá ha viajado todo el tiempo con nosotros, de polizón —dijo el padre.

—¿Por qué no le das un nombre? —dijo Marina.

—No sé. Y si se hecha a volar y no lo vuelvo a ver...

10

—Pues entonces le pides que te devuelva el nombre, y ya está.

Noé se acercó lentamente al pájaro. Le habla. Dice que sólo quiere saludarlo, acariciarle las plumas. Pero sabe que no es cierto. Noé se arrastra por la cubierta, se apresta a dar el salto. Si logra coger al pájaro lo hará su mascota.

El pájaro no deja de observarlo por el rabo del ojo. Noé se hace el distraído. Pero se acerca, más y más. Y al mismo tiempo el pájaro se aleja, más y más asustado.

—Pajarito, pajarito, no me temas —susurra Noé.

El pájaro ahora lo mira fijamente. Noé sabe que no tiene tiempo que perder. Alarga una mano, luego la otra, toma envión, salta... un chillido, un lío de plumas, toda la cubierta se ha llenado de plumas, pero el pájaro ya no está. Ha salido volando por los aires. Noé hubiera querido seguirlo, alzar vuelo, armarse de alas él también, como los pájaros y ver cómo es el mundo desde lo más alto.

—Venga, m'hijo, venga —le dice el padre a Noé que está a punto de llorar—. Yo sé lo que usted necesita.

—¿Qué papá?

—Ser capitán, pero antes...

El Capitán fue hasta el mástil y tocó la campana.

—Marina —dijo—, despierta a Pepe y dile que suba en seguida a hacerse cargo del timón. Vamos a aprender navegación.

2

JUNIO 7. 14:00. En las últimas horas de la tarde de ayer refrescó algo más y el viento se fue a la nariz. Hoy volvió a girar al este después de dar toda la vuelta. Cuando se escuche aletear los pájaros estaremos cerca de cabo Samaná.

El Capitán decidió organizar el día en guardias y ejercicios de enseñanza marinera.

A las cuatro de la tarde Pepe tocó la campana. Uno, dos, tres... ocho campanadas. De ese modo les anunciaba que se hallaba al timón y alerta.

Abajo, los campanazos llegaban apagados, como el eco de una iglesia lejana.

El Mazapán estaba cargado de historia. En las paredes del salón, había caracoles, pinturas de barcos antiguos, fotos de los puertos que había visitado. También había fotos de viejos marineros que parecían guardar en sus ojos todos los secretos de la navegación. A Pepe le causaba gracia todo eso. Decía que olía a fantasmas. Y que en noches de mal tiempo se podía oír el grito de los marineros, que en voz lastimera anunciaban la proximidad de la costa.

En una de las fotos se veía a una mujer sentada en una playa de arena muy blanca...

—¿Es mamá, verdad? —dijo Noé.

—Sí, y en Veracruz. Fue cuando visitamos a tío Mikey, poco después de que naciera Marina.

—Saquen papel y lápiz, chicos.

—¿Qué? ¿Volvemos a la escuela antes de tiempo? —preguntó Noé.

—Cualquier lugar y cualquier ocasión puede ser una escuela, Noé. No es el edificio lo que hace una escuela.

—¡Ah, es la campana! —gritó Marina.

—Eso en parte —dijo el padre—, si por campana se entiende que algo nos llama la atención. Pero una escuela es además las ganas de aprender.

El Capitán abrió un armario y sacó el Diario de navegación.

Noé pensó que ahí debía estar la historia del Mazapán, y también la de Juan Pintado.

—¿Papá, puedo leer el Diario? —preguntó Noé.

—Leerlo sí. Entenderlo es otra cosa.

—¿Por qué?

—Todas las cosas tienen su lenguaje. Y la navegación no es una excepción.

Abrió el Diario al azar.

El viernes 14 de septiembre de 1993 nos levantamos temprano y a las 07:45 zarpamos. Un viento fuerte del norte nos impulsa, mientras logramos establecer el genoa atangonado a oreja de burro, navegando por la aleta.

—¿En qué idioma está escrito esto, papá?

Sin esperar la respuesta Noé reflexionó en voz alta: —La mitad de las palabras no las entiendo. "Genoa" debe de ser la ciudad italiana Génova. "Oreja de burro" sé lo que es. Y también sé lo que es una "aleta".

—¡Pero todo junto no tiene sentido, papá!

Había otros episodios en el Diario. Se contaba, por ejemplo, los peligros por los que atravesó el Mazapán al entrar al canal de Panamá. Ese día un barco de guerra, veinte veces más grande que el Mazapán, había perdido el motor. ¡Y por poco hunde en el incidente a todos los barcos que había a su alrededor!

A Noé le hubiera gustado saber más de ésa y otras historias, pero le costaba entender el Diario. Parecía que los marinos se comunicaban en un idioma secreto, escrito para que sólo ellos lo pudieran entender.

Noé se puso a examinar los libros de la biblioteca. Había manuales de navegación, de astronomía, de cálculo. Y también libros de historia con fotos de barcos de piratas, bergantines cargados de esclavos. Había una replica de la Santa María, la nave capitana de Colón. Y también una fotocopia de una entrada del Diario del Primer Viaje.

> Miércoles 14 de noviembre de 1492
> Maravillose en gran manera ver tantas islas y tan altas y certifica a los Reyes que desde las montañas que desde antier a visto por estas costas y las déstas islas, que le parece que no las ay mas altas en el mundo ni tan hermosas y claras, sin niebla ni nieve...

—Escriban su diario, hijos —dijo el Capitán.
Marina escribió casi sin pensar:

JUNIO 7. El Atlántico que papá llama la Corriente del Golfo estuvo revoltoso al salir de Miami, y hacía un viento que Juan Pintado se fue a esconder y a Noé y a mí nos mandaron a la cama. Apostamos a quién se marea primero y ninguno ganó ni perdió porque nos quedamos dormidos... Soñé que abuelita Irene me lavaba los dientes con hojas de gandul y después me daba un purgante... Hoy parece que mamá le pasó una plancha al mar. No hace viento y por eso está así. El Mazapán parece un pollito empapado de lluvia. Las velas le cuelgan chorreando todavía agua de la lluvia de ayer.

Noé comenzó a escribirle una carta a su amigo Diego. Escribió: "Querido Diego", y no pudo seguir. Pensaba en voz alta. ¿Cómo le contaría a su amigo en Nueva York su aventura con el pájaro? Buscaba las palabras. Volvió a ver la cubierta del Mazapán llena de sol y al pájaro de alas azules... ¿Eran azules las alas del pájaro?

—Papá —dijo Noé.

—Sí, m'hijo...

—La garza ésa era azul.

—Creo que sí.

—¿Y tú crees que sería una buena mascota?

—Noé, ese pájaro era casi tan alto como Marina.

—¿Y Juan Pintado?

—¿Qué pasa con Juan Pintado?

—¿Crees que me va a aceptar algún día?

—No sé, m'hijo. A Juan Pintado no hay quien lo entienda. Tiene sus caprichos. Vino así, con el barco, cuando se lo vendieron a los dueños del Mazapán. Con su idioma raro. Se lo regalaron al dueño. Y aunque habíamos viajado meses juntos el loro no salía del camarote. De miedoso que era. Y eso fue así hasta la vez que tuve que llevar el barco de Cozumel a La Florida. Al cruzar el estrecho de Yucatán luché toda la noche y parte del amanecer contra una correntada que resultó mas difícil de lo previsto. Cuando amaneció, después de diez horas al timón, bajé a prepararme el desayuno y en la cocina estaba el loro, a los chillidos. Era otro Juan, un desconocido, diría yo. Parecía un lorito frágil y asustado. Y me pareció tan normal ayudarlo que le puse un dedo y él se me subió. Y luego dio un brinco y se me montó al hombro. Y desde entonces soy su capitán y él es mi mascota.

—¿Y ahora? —dijo Noé.

—¿Ahora qué?

—¿Lo vas a entregar con el barco?

—Sabes que no lo sé... No lo sé.

Y todavía se lo repetía al poner los cubiertos en la mesa.

—¡A comer chicos! ¡Qué éste es un plato para reyes!

16

A las ocho de la noche fue el cambio de guardia.

—Bueno, por hoy han hecho demasiado —dijo el Capitán—. Ahora descansen.

Se puso un abrigo y subió a cubierta.

Pepe ya había entrado las millas recorridas y la posición. Debían estar a unas treinta y seis horas de Samana.

Estaba impaciente. Y para distraerse decidió bajar y tomarse una taza de café caliente en compañía de los niños.

—A ver, chicos, hagan un lugarcito —dijo Pepe.

Los niños se acomodaron.

—Ah, leen el diario. Yo sé más cosas que las que pueden caber en ningún diario de la Tierra. Me las anoté aquí. Y se tocaba la cabeza.

—Cuéntanos Pepe, cuéntanos.

Una ligera brisa hizo flamear las velas, que abajo resonaron como tambores gigantescos. Pepe miró por el ojo de buey.

—Parece que va a levantar fresco —dijo—, y comenzó su relato:

—Como le decía antes al Capitán, empecé a navegar en buques fruteros. A bordo del Tigre tuve algunos temporales sin peligros. Pero el primero serio fue en la costa del Pacífico Sur. La razón por la que me acuerdo de este temporal más que de ningún otro es porque las maderas del barco crujían y los metales chirriaban. Parecía que alguien le daba sopapos al barco. Todos pensaron que íbamos a hundirnos. Pero no pasó nada.

—¡Ay, qué miedo! —gritó Marina.

—Pepe, ¿el Mazapán se puede abrir? —preguntó Noé.

—Nunca. El Mazapán no es de madera, es de fibra de vidrio.

—¿De vidrio? ¡Pepe, tú quieres echarnos miedo! —dijo Marina.

—No, Marinita. La fibra de vidrio es fuertísima. ¡Antes que se quiebre el Mazapán se quiebra el mar! Le dicen vidrio por uno de los ingredientes que tiene la mezcla, de las muchas que se compone el casco.

17

WEST BRIDGEWATER PUBLIC LIBRARY

—Bueno, a dormir chicos. Mañana les cuento una de verdadero naufragio.

—Creo que me voy a dormir con papá —dijo Marina.

JUNIO 8. 15:00. Estamos a menos de dos días de tierra. El tiempo sigue con muy buena apariencia. Las olas no han pasado de cuatro/cinco pies.

El mar estaba sereno y soplaba del este. A Noé le pareció como uno de esos programas en la televisión, con los animales y las tardes soleadas y los delfines. Sí, estaba en el mar, y no en un cuarto sentado mirando una pantalla. Pero le hubiera gustado verlo con Diego. O poder contárselo en persona.

—Pepe, ¿tú nunca anotas nada en el diario? —dijo Noé.

—Bueno, sólo la hora, el rumbo, el viento... Soy distinto de tu padre. Lo llevo todo en la cabeza. Pero él dice que uno no puede saber lo que puede pasar. Imagínate que ocurra algo y él esté durmiendo. Basta con leer el diario para saber dónde hemos estado en las últimas horas. Y creo que tiene razón. Pero tú no te preocupes, Noé, que mañana verás la montaña mas bella de la Tierra. Fíjate que Colón la llamó El Cabo Enamorado. Y también los llevaré a comer escabeche a la fonda de doña Isabel.

Marina guardaba bajo la almohada de su cama un caracol que le trajo el papá de uno de sus viajes, y por la noche, antes de dormir, jugaba a escuchar los dos mares: el de afuera y el de adentro. El de afuera andaba por ahí, hundiendo barcos. El de adentro temblaba cuando se lo ponía en la oreja.

Pero no pudo oír nada porque en ese momento se oyeron gritos y chillidos. Era Juan Pintado que subía y bajaba por la escalera de cubierta. Se agarraba con el pico y las patas a todo lo que se le cruzaba de frente, y asomaba la cabeza y chillaba.

Noé subió a la cubierta.

—¿Qué le pasa al loro, Pepe? —dijo Noé.

—Estamos a menos de un día de Samana y él lo sabe —dijo Pepe.

—¿Y cómo lo sabe?

—Lo huele. Huele algo en el mar. Tal vez en el aire. Y se acuerda del lugar donde nació.

—Y se pone contento de llegar a casa, ¿no? —dijo Noé.

—Depende —dijo Pepe—. Si el recuerdo es sabroso se pone contento. Los pájaros recuerdan todo. Tiene muy buena memoria aunque una vez...

—¡Marina! —gritó Noé por el tragaluz—, sube corriendo que Pepe se acaba de acordar de otra historia.

—Y parece una historia de verdad.

—En efecto, de verdad. Como que me pasó a mí cuando llegué a Nueva York. Por primera vez me perdí. No me animaba a preguntarle nada a nadie. Y fíjate que yo sabía bastante inglés.

—¿Por qué? —dijo Noé.

—No sé —dijo Pepe, bajando la cabeza—. Me sentía como gallina en corral ajeno cuando fui por primera vez a Nueva York.

Noé trato de imaginarse como sería sentirse gallina en corral ajeno. Debía ser algo así como entrar a un lugar y sentir que todos lo miran a uno como a un intruso.

Pepe estaba observando las velas cerca del mástil pero Noé vio que tenía los ojos nublados, como cuando se ponía triste. Los demás no se dieron cuenta. Noé se le acercó, y lo tomó de la mano. Pepe sonrió y se sentaron en las sogas de cubierta. Noé pensaba en el pájaro, se acordaba de sus finas patas y del color de las plumas. ¿Eran verdaderamente azules? Repasó cada movimiento suyo tratando de ver que había hecho para ahuyentarlo.

Acostado en su litera Noé trató de pensar en la carta que iba a escribirle a Diego.

Pronto llegarían a Samana. A partir de ahí sería más rápido el viaje.

A Marina le gustaba que se inclinara el barco. Era como si

19

la llevaran en brazos.

Al amanecer todos estaban en cubierta. Querían ver tierra después de nueve días de puro agua y cielo.

—¡Cabo Samana! —dijo el Capitán, señalando la montaña cortada por precipicios.

Una tierra rojiza y brillante.

—Ahí está, Noé, ése es el cabo que le gustó tanto al almirante Cristóbal Colón —dijo el Capitán.

—El Cabo Enamorado... Samana —susurró Pepe—. Aquí nací, aquí me crié, y aquí me muero. De aquí me sacan con los pies pa'lante como dicen los puertorriqueños.

—Te entiendo, Pepe —dijo el Capitán.

—Salí cuando era muchacho. ¿Crees que he cambiado mucho, Capitán? Tú que me conoces de hace años.

—Para nada, Pepe.

—Sí que he cambiado. He cambiado. Y alzó la mano y se la pasó por la frente un poco arrugada. Hace diez años que salí, a los diecisiete años, y ahora que lo veo de vuelta me parece que estuve afuera un siglo. Todo parece distinto. Eso que ves ahí no era así. Ahora han hecho los hoteles para los famosos del cine y las finanzas. Mi padre se fue a Nueva York cuando yo tenía seis años. A trabajar como super de un edificio para mantenerse y traer la familia. Pero no pudo aguantar y se volvió. Por suerte conservamos una pequeña tierra en Samana en la que mamá siembra algunos vegetales. No sabes cómo he añorado esto, chico.

Una lanchita que pasaba aminoró la marcha y dio un par de vueltas alrededor del Mazapán.

—Hola. Vimos el nombre, ¿son de Nueva York?

—Bueno... de Nueva York y de Miami.

—¡Qué bien! Nosotros también.

—¿Van a anclar?

—Sí.

—Pues los veremos luego.

—Adiós.

Decidieron apuntar a los muelles de la playa y fondear frente a una pequeña iglesia pintada de amarillo. Para ahorrarse unas millas decidieron evitar la entrada obligada y adentrarse por los islotes y cayos. Pepe hacía de vigía en la proa. Habían pasado nueve días desde que partieron del puerto de Miami.

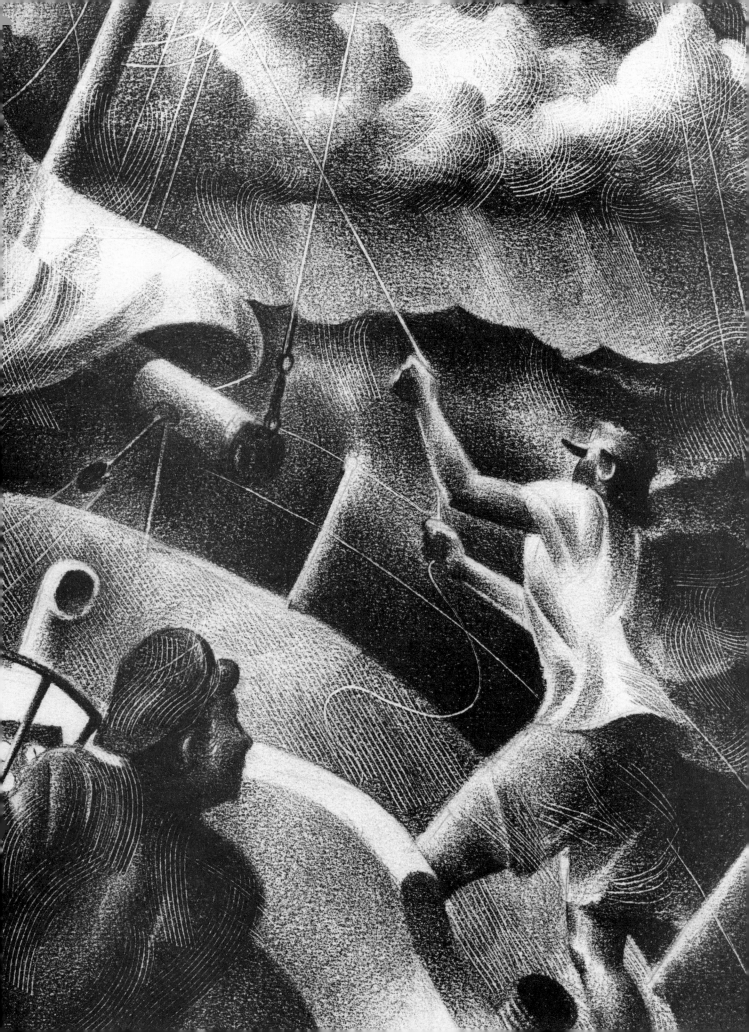

3

—Papá, queremos ir a las cascadas.

—Vayan con Pepe —dijo el Capitán—. Yo me quedaré a dormir y a poner un poco de orden. Pero no se olviden de sacar fotos.

Remaron en el bote hasta la costa y lo ataron a uno de los árboles.

Luego, caminaron a lo largo del puerto hasta un par de barcazas cargadas de peces.

Había peces de todos los tamaños y colores. Peces con rayas paralelas, azules y rojas, amarillas y verdes. Y algunos hasta se movían, entrechocándose. Se parecían a los peces que había visto en un programa de televisión.

Noé pensó que Diego se impresionaría mucho.

A Marina le pareció que el más bello de todos era un pez de escamas de plata, ojos hundidos, y dientes afilados. Al costado había uno gigantesco, que se movía y miraba de costado, como con tristeza.

—¿Qué buscas, m'hijo? —le preguntó la mujer a Noé.

—Quisiera sacarle una foto a los pescados. Para un amigo de Nueva York.

—¿Y tú, eres de Nueva York?

—Sí, señora.

—¡Pues si eres de Nueva York somos familia! Ahí tengo un

23

hijo y dos nietos. En el barrio de Washington Heights —dijo la mujer—. Algún día iré para ahí. De visita.

—¿Le has tomado la foto ya a mis bellos pescados? —dijo.

Noé piensa mientras prepara la cámara, y en su cabeza habla con Diego como si estuviera ahí con él. Jamás había visto un pez así. Ni en la pescadería de don Valentín. Era enorme. Casi cubría la cubierta de la pequeña barcaza.

—Es un pez espada —dijo la mujer.

Noé le preguntó cómo hicieron para subirlo a bordo. Cuanto hilo usaron.

—¡Cientos de pies, m'hijo! —contestó ella.

Y contó que una vez, a falta de hilo de pesca, su esposo tuvo que sacar varios metros de un pantalón viejo.

Noé piensa que se lo escribirá a Diego y le pareció tan increíble que tuvo que cerrar los ojos. Trataba de ver cómo un pantalón se convertía en un largo hilo de pesca que venía arrastrando a un pobre pescado.

—¿Lo quieres? —dijo la mujer—. Con salsa de coco sabrá riquísimo.

—No gracias —intervino Pepe—. Estos niños han estado nueve días en el mar y les prometí llevarlos a la fonda de doña Isabel. ¿Todavía esta por ahí, no?

—Claro. Atrás de Minguitos, la ferretería. ¿Se acuerda?

—Seguro, al costado del cine.

En el taxi Noé se dio cuenta de que no había tomado bien la foto del pez espada.

—Se la quería mandar a Diego —dijo Noé.

—A mí me parecía triste —dijo Marina—. Tenía los ojos llenos de lágrimas.

—Porque lo pescaron —dijo Pepe—. Siempre se ponen tristes los peces fuera del agua.

El taxi se detuvo en una pequeña plaza de árboles frondosos. Ya antes de bajar Pepe saboreaba el menú.

—Hay sancocho —dijo Pepe—. Siempre es así en la fonda de doña Isabel. Antes de llegar ya te enteras de lo que están cocinando.

Los recibió la misma doña Isabel.

—Tengo un pescado en escabeche delicioso —dijo doña Isabel.

—Me pareció que olía a sancocho.

—Ahí, usted es de los que tienen buen olfato.

—Y buena memoria. Recuerdo que usted lo hacía con lechón sobao en ajo y recao...

—Tiene usted razón —dijo doña Isabel, sonriendo—. Y siempre con cebolla, perejil, sal, pimienta, comino... Y luego le tiro yuca, aujama, calabacín y plátano verde.

—Igualito a como lo prepara mi mamá —dijo Marina.

—¿Sí? ¿Y tú de dónde eres? —preguntó la mujer.

—De Nueva York —dijo Marina—. Pero mi abuela viene a vivir a veces con nosotros y hace sancocho.

—Pues si es así, ¿por qué no pruebas mi pescado? —dijo doña Isabel.

—¿Pescado? —preguntaron los niños.

—Sí, y muy fresco. Lo acaban de traer los pescadores.

—Noé, ¿tú qué dices? —dijo Marina.

—Si es pez espada...

—Es un escabeche de pescado frito —dijo doña Isabel—, espada con mucha cebolla y ajo.

—¿Usted lo prepara con huevo? —preguntó Pepe.

—Sí, pero no mucho. Remojo el pescado en huevo batido y lo paso por harina de maíz.

—Habrá que probar ese manjar, chicos —dijo Pepe.

—Sí, claro —continuó doña Isabel emocionada—. Además, yo lo frío en aceite de muy buena calidad. Y en el mismito aceite cuezo el ajo y la cebolla, con hojita de laurel, pimienta, canela y jengibre. Y todo eso lo echo en un caldo de vinagre de vino tinto y aceite de oliva y después...

Se los sirvieron en un plato con la salsita chorreándole encima. Rodeado de rodajas de cebolla y aceitunas.

—Noé —dijo Marina bajito—, ¿por qué no le sacas una foto?

—Es que tiene los ojitos tristes —dijo Noé, como burlándose de Marina.

—¡Qué va! Son las aceitunas —dijo Pepe—. Pero cuidado con las espinas, chicos.

Al salir de la fonda de doña Isabel, Pepe los mira con ojos satisfechos.

—¿Y, les gustó?

—Sí, muchísimo, Pepe.

—Ahora saben cómo se come en este país. Y cuando piensen en Samana pensarán en el escabeche de doña Isabel.

—Y en ti, Pepe —dijeron a coro los niños.

Tenían una hora y decidieron visitar las grutas.

Desde que entraron había puentes naturales que daban a otras cuevas. Las paredes de las grutas estaban cubiertas de enredaderas y florecillas blancas.

—Lo mejor es el eco —dijo Pepe.

Marina no paraba de hablar. Le gustaba escuchar el eco cavernoso de su nombre. Gritaba "¡Marina!" y el eco respondía "¡Marina—ina-ina-ina!". Retumbaba contra las paredes y cuando cruzaban un puente se mezclaba con el ruido de las olas que golpeaban abajo. La voz entonces parecía venir de muy lejos. Del mar. O del fondo de la Tierra.

De vuelta en el barco Pepe bajó a su camarote a prepararse las maletas. El Capitán sabía que las despedidas eran difíciles para Pepe, y no dijo nada.

Marina no entendía por qué Pepe debía irse.

—Porque hace muchos años que no estoy con mi familia —dijo Pepe.

Marina seguía sin entender. Pepe estuvo por contarles otro cuento. Se sentó. Se puso de pie varias veces. Dijo que le gustaría volver. Sí, claro. Para la Navidad.

—Ahí viene la lancha a buscarme. Ven, ésa que conduce es mi hermana Carmen.

—¿Tu hermana? No sabíamos que tenías una hermana.

—dijo Marina.

26

—Pues tengo tres. Ésa que viene en la lancha es la más joven.

—¿Y te quedarás con ella?

—Claro, en el campo.

—¿Y después? —preguntó Noé.

—Después... pues iré a Nueva York. Seguramente.

—¿Vendrás a visitarnos?

—Seguro.

Y dijo que les llevaría de regalo la piña más grande que jamás hubieran visto. Su tío Erminio era especialista en cruzar todo tipo de cosas, y a veces salían frutas y viandas tan grandes que venían a sacarles fotos de los periódicos.

Se rieron sin parar.

—Y ahora me despido.

La lancha se acercó y cuando estuvo junto al Mazapán, Pepe le arrojó el bolso.

Dos lágrimas rodaron por los cachetes de Marina.

—No llores, Marina —dijo Pepe.

—No lloro, Pepe —dijo Marina llorando.

Pepe dio un salto y cayó dentro de la lancha.

El motor arrancó y salieron lentamente por la bahía.

Pasaron por detrás del Cabo Enamorado justo cuando se ponía el sol. Atrás se encendían las pocas luces de Samana.

Noé no conseguía terminar la carta para Diego. No estaba seguro de lo que quería decir.

—Papá, ¿puedo copiar unas líneas del Diario de a Bordo?

—Siempre y cuando le digas a Diego quién lo ha escrito. ¿No crees?

Noé abrió el Diario y se dejó llevar por lo que leyó. Pero luego se acordó del consejo que le había dado el padre. Cerró los ojos, pensó en las cosas que le quería decir a Diego, y en menos de una hora terminó la carta.

Le pareció maravilloso leerse a sí mismo.

—Escribir ya no es como la escuela, papá.

El Capitán se quedó mirándolo.

—Llámalo como quieras, Noé, pero es la mejor manera de aprender.

—¿Por qué papá?

—Primero porque a las palabras se las lleva el viento, como dicen por ahí. Y lo que está escrito queda. Y eso en navegación es importantísimo. Así es como hasta no hace mucho, se hacían las cartas de navegación con las anotaciones de todos los navegantes que andaban por ahí y anotaban la profundidad o cualquier fenómeno curioso. ¿Pero sabes una cosa?

—¿Qué, papá?

—Escribir también es una manera de aprender por lo que tú decías hace un momento, hijo... Porque te puedes leer a ti mismo. Siempre... Bueno, mañana te encargarás de alzar el ancla, ¿sí?

—Sí, papá.

Al amanecer, Noé, Marina y el capitán remaron a tierra para comprar más provisiones y echar las siguientes cartas al correo.

La carta de Marina decía así:

Querida mamá:
Esta carta te la escribo desde Samana. Quiero que sepas que te extraño mucho y que no te apures. El Mazapán es de vidrio, pero según Pepe, antes se rompe el mar que el barco. Ahora tengo que irme corriendo pero te escribo otra vez desde Puerto Rico.

Un beso,
Marina

La de Noé era un poco mas larga, y decía:

Querido Diego:
Ayer navegamos entre rocas y riachos con viento de atrás. Tiramos el ancla en Samana. Visitamos la fonda de doña Isabel y unas grutas maravillosas. Y después Pepe se despidió y ahora vamos a zarpar para el puerto de Ponce, Puerto Rico. Yo izaré el

ancla. Es muy importante dejar muchos metros de soga al amarrar el bote, pues así no se daña con la marea. Vi algunos peces. A los grandes los pescan con mucho sedal. Saqué algunas fotos, pero no sé si salieron. Había un tronco de pez espada así de grande. Partimos para Ponce, hoy mismo. Y voy a levantar el ancla, no sé si te dije.

Adiós,
Noé

Cuando Noé estaba a punto de izar el ancla, se oyó el ruido de la lancha que se acercaba a toda velocidad con tres personas a bordo. Al cruzar la bahía viraron, dando cabeceos, subiendo y bajando las olas que ellos mismos producían. Dieron varias vueltas y por fin se acercaron hasta quedar al costado del Mazapán.

Todos corrieron a cubierta y vieron a Pepe apoyado en el hombro de la hermana y agitando las manos.

Traía un montón de paquetes.

—¡Pepe! —gritó Noé.

—¡El mar me llama! —dijo Pepe, arrojando los paquetes al piso de cubierta para abrazar a Noé y Marina.

—Ésta es mi hermana Carmen.

Era una mujer joven, y tenía ojos parecidos a los de Pepe.

—Mis otras hermanas viven en Puerto Plata, en una urbanización. Pero yo me quedé en el campo con Carmen y mi madre. La pasé muy bien. Por la noche anduve recogiendo chinas de los árboles. Caminé por la finca. Saboreé el aire y el agua tan sabrosa en el campo. Como te digo, reviví toda mi infancia en menos de una noche. ¿Pero sabes una cosa, Capitán?

—¿Qué, Pepe?

—Tengo 27 años, y la mitad de esos años la he pasado en Nueva York, o en el mar. Así que lo pensé y lo pensé, y le dije a Carmen: "Tú estás por cumplir veinte. ¿Por qué no te haces un viajecito en velero?". Y ella dijo "¡Vamos!" Y aquí nos tienes, Capitán. Listos para acompañarte hasta la isla de Bequia.

—¡Pues bienvenidos! —dijo el Capitán—. Ahora debemos partir.

—Iza el ancla, Noé.

—Sí, señor —gritó Noé desde la proa—. ¡Listo!

A las ocho de la mañana del diez de junio el Mazapán zarpó rumbo a Ponce. Enfilaron hacia la boca de la bahía mientras las velas subían, una tras otra, dando fuertes estallidos antes de llenarse de viento.

La navegación de ese tramo era corta. Y casi siempre fácil.

Pero esta vez no fue así.

A las dos horas comenzó a soplar del noroeste, lo cual era inesperado. En seguida empezaron a caer las primeras gotas de lluvia. Finalmente se desató el temporal.

Junio ya es época de huracanes en el Caribe pero eso no podía ser. El Capitán seguía de cerca los partes meteorológicos de la Guardia Costera. De modo que ésa era una de esas típicas tormentas tropicales que se desatan súbitamente en el Caribe y no duran mucho. Pero a veces golpean duro.

—¡Arriar velas, Pepe! La Genoa primero —gritó el Capitán.

—¡Arriar velas! —repitió Pepe en voz alta y se arrastró hacia el mástil.

El Capitán encendió el motor.

—¡No se ve la costa! —dijo Marina.

—¡Sigue, Pepe, sigue! —gritaba el Capitán.

—¡Y tú aguanta el rumbo, Capitán! —respondía Pepe.

La lluvia aullaba en los obenques. El mar se puso furioso.

—Pepe —gritó el Capitán—, que bajen los chicos y Carmen a las cabinas y se acuesten.

Las velas bajaron y todo en cubierta fue amarrado.

Duró cuarenta minutos pero a Noé y Marina les pareció interminable. La proa del Mazapán subía y bajaba montañas de agua, cabeceaba, cortaba las olas entre surcos de espuma. La niebla pareció cerrarse sobre el barco. Desde el timón el Capitán sólo podía ver la espuma de las olas. Tenía los ojos clavados en el mar, luchando por mantener el barco hacia el viento. En lo alto del mástil, el viento chocando con los obenques producía silbidos, como si fueran lamentos.

En un momento habían estado a punto de virar y volver a Samana a buscar refugio.

Pero no hubo tiempo de marearse. La lluvia cesó de golpe, amainó considerablemente el viento, y de pronto, entre las nubes, volvió a salir el sol.

Y el Capitán dio la orden de volver a izar las velas.

Con buen sol y buen viento de través navegaron todo ese día buscando el Pasaje de La Mona, para cruzar al mar Caribe y bordear la costa sur de Puerto Rico.

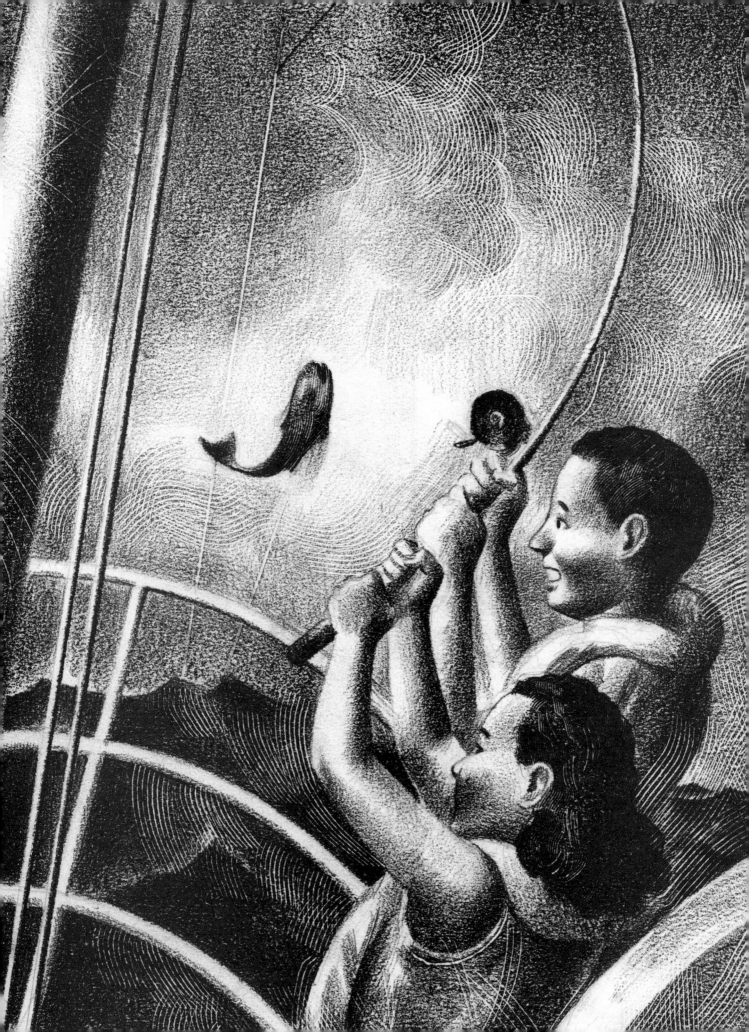

4

JUNIO 11. 18:00. Vamos motoreando suavemente hacia el Este. Esperando la llegada del viento de las montañas en cualquier momento. Los alisios están soplando entre nueve y doce nudos lo que hace las noches perfectas. Vamos a una velocidad de cuatro nudos por hora.

Con el Mazapán en piloto automático, las maniobras del barco se hicieron mas fáciles.

Al bajar, Pepe trajo de la cocina un termo con café y galletitas María con jalea. Carmen le ayudó a disponer las tazas en una de las mesitas del salón.

El café, las galletitas, y la jalea eran una combinación sabrosísima. Todos se sentían bien, después de tanto ajetreo.

Menos Juan Pintado. Cuando tuvo la oportunidad, salió de su escondite dando tumbos, y se metió bajo la manga de la camisa del Capitán, como si fuera su segunda casa. Parecía desconcertado.

Carmen le acercó su taza de café.

—Aquí, Juanito, café dulce.

Juan Pintado sacó la cabeza de la manga. Sin miedo alguno metió el pico en el café, una y otra vez.

—Les encanta el café dulce —dijo Carmen—, prueba a dárselo tú, Noé.

Noé cogió la taza. Juan Pintado se acercó. Todo fue muy rápido. Juan Pintado metió el pico en la taza, y de un salto volvió a la manga del Capitán.

—¿Sabían que yo también tuve un cotica? —dijo Carmen.

—¿Qué es eso? —preguntaron Marina y Noé.

—¡Un lorito, igual a Juan!

—¿Igual, igual?

—El mismo. Sólo que el mío no era de mar sino de monte —explicó Carmen—. Hasta me ayudaba a separar las piedras del café. Y a desgranar las habichuelas. Usaba el pico que daba miedo. Pepe no la conoció porque ya se había ido a Nueva York cuando me la dieron.

—Uy, bendito sea, porque las historias de mordidas que me contó mamá de ese loro son tremendas —dijo Pepe.

—¿Tu loro mordía a la gente, Carmen?

—No Marina. Sólo a mí, y al principio. Hasta que me aceptó. Como que después me ayudaba con el café.

—Carmen, ¿cuánto tiempo le tomó a tu loro volverse tu mascota?

—Ay, Noé, no me acuerdo, pero sé que no fue tanto tiempo.

—Yo tenía el mismo problema con Juan —dijo el Capitán.

—¿Sí?

—Sí. Y déjame decirte, hijo, que con Juan Pintado es muy distinto. Es uno quien acaba volviéndose mascota. Hay que esperar a que él también nos elija.

—¿Y si decide que no? —preguntó Noé preocupado.

—¿Por qué lo dices? —dijo el padre.

—Fíjate, papá. Ni bien me acerco grita o me tira picotazos. Como si yo le echara miedo.

—A lo mejor si le tapamos los ojos... —dijo Marina.

—Ves, papá... hasta Marina se burla.

—Debes ser paciente, Noé. Cuando Juan sepa más de ti

34

todo cambiará —dijo el padre.

—¡Ay! ¿Qué es esto? —gritó Carmen.

Se había sentado encima de algo duro y puntiagudo.

—Es mi caracol... —dijo Marina, un poco avergonzada—. ¡Oye, Carmen, tiene un mar adentro!

Juan Pintado se paseaba detrás de la puerta.

—Sabe que hablamos de él —dijo Carmen.

Juan Pintado estiraba y encogía el cuello y sacudía las plumas. Parecía querer volar. Pero algo en las alas se lo impedía. Y se chocaba contra las paredes del Mazapán.

—Papá, Juan Pintado está raro otra vez —dijo Noé.

—Ah, lo mismo hacía mi Sandra —dijo Carmen—. Es que el atardecer los pone tristes. Los loros viven en grupos grandes. A esta hora levantan vuelo y se suben a los árboles. Ahí duermen, pasan la noche todos juntos, como una gran familia... Ven como ahorita quiere arrancar.

—¿No sabe que ya no vive con los otros loros? ¿Con la otra familia? —preguntó Noé.

—No lo sabemos —dijo Carmen.

—A mí me debe pasar algo parecido —dijo Pepe—. A veces, si me despierto muy temprano, me parece oír cacarear a las gallinas en cubierta. Aunque en medio del mar no hay una sola gallina.

Pepe siempre se salía con historias raras, pensó Noé. Aunque a él también le había pasado. Ayer mismo, durante la tormenta, creyó que oía la voz de la madre. Pero a lo mejor era el viento que golpeaba contra los obenques.

JUNIO 11. 21:00. En el Pasaje de La Mona las olas parecen venir de una tormenta lejana. Son regulares y de unos ocho pies de altura. Ni el viento ni la correntada ayudan.

Entraron al Pasaje de La Mona. A eso de las once el Capitán anunció que iban dejando atrás las aguas del océano Atlántico y que se adentraban en las del mar Caribe.

—Mucho mar de fondo, chicos —dijo el Capitán desde cubierta—. Quédense recostados.

Marina y Noé iban en sus literas. Estaban acostados, envueltos por una lona que salía de la litera y les impedía caerse. Se reían, porque era como estar dentro de un sandwich, aunque según el Capitán era una manera cómoda y segura de no caerse al piso cuando el barco rolaba demasiado.

El Mazapán se portaba bien con mar de fondo.

Pero también Marina.

A Marina le gustaba ver como todo en la cocina se balanceaba. La redecilla con los guineos y las cebollas, encima de la estufa, le hacía pensar en hamacas. Y de cuando en cuando, si una ola inclinaba bastante el barco, pensaba en columpios. Y no se mareaba.

—¿Cómo andan por aquí? —dijo Pepe, asomando la cabeza por el tragaluz.

—Pepe, siento que el Mazapán está bajando una montaña —dijo Noé.

—Sí, sí, y a veces parece que subimos —gritó Marina.

—¡Ah! Es porque estamos con el mar de atrás —dijo Pepe.

—¿Qué es eso? —preguntó Noé.

—Que estamos corriendo en la misma dirección del viento. Persiguiendo las olas —respondió Pepe—. Es bien chévere y rápido, aunque algo incómodo. Pero ni bien cambiemos de rumbo todo será mas suave.

Pepe estaba en cubierta, haciendo equilibrio, y tanto a Noé como a Marina les causó gracia verlo encajado en su sombrero de goma, del que chorreaba agua. Y el agua también le corría por las mejillas, de las pestañas a la nariz. Y cuando hablaba se le iba a los labios.

El Capitán maniobraba el timón con serenidad. Hacía tiempo que venía observando un punto fijo del océano.

Pepe se le acercó sin decir nada. También él se puso a mirar. Luego pareció buscar alrededor del barco. Primero a popa y luego a proa. Volvió a mirar a popa, como si no estuviera seguro de lo que acababa de ver, y en ese momento el Capitán dio un manotazo de timón.

—Navegar a dos aguas es ideal para la pesca. Noé, trae el aparejo de pesca. ¡Rápido! —gritó el Capitán.

—¡Son dorados! —gritó Pepe—. ¡Y enormes!

—Ve al aparejo, Noé, rápido. Ayúdalo Marina —gritó el Capitán ajustando el timón y dejando flamear las velas.

Noé salió corriendo a popa, justo para ver la tensión de la línea y las aletas de un dorado que subió, zigzagueó, y en seguida desapareció tras la espuma que iba dejando el barco. Noé se quedó inclinado a babor, siguiendo con la vista los meandros por donde se iba hundiendo el pez. La voz del Capitán lo sacó del ensueño.

—¡Ahora! ¡Tira de la línea, Noé!

Noé tuvo que aferrar el sedal con las dos manos, y hasta Marina tuvo que ayudarlo a dar el tirón. Un tremendo dorado dio un salto y volvió a caer al agua con un gran estallido.

—Despacito, despacito... —recomendaba Pepe—. Sin forzar, que sólo faltan unos metros.

Se acercaba el momento decisivo. El Capitán puso al Mazapán de nariz al viento para frenarlo y dejó que flamearan las velas. Con el barco detenido se hizo fácil. Pepe trajo la red que había comprado antes de salir de Miami...

—Ahora —dijo Pepe.

Casi se les escapó, pero lograron cazarlo con la red y subirlo, hasta depositarlo en cubierta.

—Es un hermoso dorado —dijo Pepe—. ¡Felicitaciones, chicos!

JUNIO 12. 22:00. Antes de la medianoche debemos ver el faro de Cabo Rojo en la costa oeste de Puerto Rico.

Abajo Carmen limpió el pescado. Ya era hora de bajar a comer.

—Carmen, ¿qué le pasó a tu loro? —preguntó Noé.

—¿A mi cotica? Me lo llevó una tormenta.

—¡Ay, bendito! ¿Se murió?

—No, Marinita —dijo Carmen—, lo más seguro es que el viento se lo llevara a nuevas tierras.

—Como al Juan Pintado.

—Sí, sí. Así es el viento —dijo Pepe—. Nunca se sabe bien por qué alguien viene de donde viene.

—Sí lo sabrá Juan Pintado —dijo el Capitán—. El viento es uno solo. Pero no trata a todos de manera igual. Al pobre Juan lo debió empujar de aquí para allá. No en vano es tan desconfiado.

JUNIO 13. 04:50. Pepe se ha comunicado por radio con un barco llamado El Coquí, que es el nombre de un sapito pequeñísimo que vive en los árboles. Según el capitán del Coquí se pronostica una brisa leve del este/sureste que aunque en la nariz, no será tan incómoda.

—¿Papá, podemos subir ya? —gritó Noé por el tragaluz.

—No, m'hijo, todavía está fuerte el sol —dijo el Capitán—. ¿Por qué no aprovechan y se sientan a escribir el diario?

—Claro —dijo Pepe—. Miren, que pasaron una tormenta y pescaron un enorme dorado. ¡Eso hay que apuntarlo!

—Y también la insolación —agregó Carmen.

Se pusieron de acuerdo. Noé dijo que escribiría la pesca del dorado y Marina que se encargaría de la tormenta.

Pero los dos terminaron escribiendo sobre Juan Pintado.

Noé:

La comida favorita de Juan Pintado es la fruta y el café, y con mucha azúcar. Cuando se la doy yo, vira la cara y cuando le pongo un dedo, tira picotazos. Le gusta comer de la punta de un tenedor. Carmen dice que a Sandra le pasaba igual y que a lo mejor el tenedor es como el pico de la mamá o del papá. Cuando papá escribe en el Diario de navegación, Juan le salta de un brazo a otro y se sube al Diario y parece querer escribir también. A mí me espía, papá dice porque no me tiene confianza todavía.

Marina:

Por fin despierta Juan Pintado. Bosteza y estira las plumas y de un salto se sube al bebedero pero sólo moja el pico y sacude la cabeza y Carmen dijo que eso es que quiere bañarse. Sacude agua para todos lados. Hay que ponerlo rápido al sol. Juan Pintado no puede caminar bien con las plumas mojadas. Le gusta el café dulce y dice café, café, café muchas veces...

Siguieron motoreando con bastante viento de nariz y cielo despejado. Al amanecer de ese día el Mazapán entró al puerto de Ponce.

Poco después de que fondearon fueron a ver a una anciana que vivía en las afueras del pueblo porque un insecto le había picado el cuello al Capitán, y según los del Coquí, la anciana sabía curar esas cosas. Era de Mayagüez, pero años atrás un huracán le destruyó la casa y tuvo que venirse a vivir con el hijo a Ponce.

—Tenga esto, compai —le dijo la anciana, ni bien le miró el cuello. Y le dio un paquetito con ajo molido.

La mujer hablaba como la gente del campo.

—Y póngaselo en la picadura. Pa' que no se le hinche.

Al salir pasaron por un pequeño jardín, y en una pared medianera había figuras extrañas.

Marina no sabía dónde mirar primero.

Pepe se acercó y le dijo al oído que algunos son dioses africanos, los orishas yorubas.

39

—Y esas otras son divinidades taínas.

—Me alegra que lo reconozca —dijo la anciana que alcanzó a escucharlo.

Pepe se alegró también.

—¿Son navegantes? —preguntó la anciana.

—Pues claro que sí –dijo Pepe, con ese acento isleño que a Noé tanto le gustaba—. Como que hoy zarpamos para Granada.

Hubo una pausa.

—¿Y cómo entran al mar? —preguntó la anciana.

—El barco siempre de frente —contestó Pepe—, evitando quedar a través de las olas.

—¿Y la gente?

—A eso sí que no sé —dijo Pepe.

—Pues la gente debe respetar el mar —dijo la mujer—, y entrar siempre de costado. Como un acto de humildad a Yemaya, la diosa yoruba del mar.

—Eso de respetar el mar es de buen navegante —dijo Pepe.

—Veo que le interesa nuestra cultura —dijo la anciana—. Pues vea, hoy mismo voy a ofrecerle un coco seco a la orilla del agua para que los proteja.

—¿A todos? —preguntó sonriente el Capitán.

—Sí, a todos. Nosotros aquí tenemos de esas tres cosas, le dijo la anciana. Lo español, lo africano, y lo taíno.

Esa misma noche se les acercaron unos pescadores.

Eran hombres curtidos, de aspecto amable, y traían un canasto de mimbre cubierto por una lona.

—¿Qué llevan en ese canasto? —les preguntó Pepe.

—Cangrejos.

—¿Qué clase de cangrejos?

Alzaron la lona para que los vieran.

Eran grandes, de color rojo y violeta. Y se movían como si trataran de escapar.

—Nosotros somos pescadores de langostas, pero cada vez hay menos. El mar se está vaciando. Por las redes metálicas. Éste que está aquí —y señalaron a un anciano de piel muy oscura y cabellos muy blancos—, es el mejor langostero del mundo.

—Y yo soy su hijo predilecto —dijo uno con cara de niño.

—¿Cómo se llama? —le preguntó Pepe al anciano.

—Me llamo Luis, pero me dicen El Taíno —contestó.

—Sí —dijo el pescador con cara de niño—. Porque Taíno quiere decir de los buenos, de los nobles.

5

JUNIO 14. 22:00. Dejamos Ponce a las 23:00 horas para usar la ventaja de la noche. El mar estuvo algo confuso cuando bordeamos la esquina Sureste de la isla, alrededor de Punto Tuna. Debemos pasar por Vieques entre las 09:00 y 10:00 horas.

Ya se acercaba el fin del viaje. Sentados en la proa, Noé y Marina jugaban a buscar las estrellas, tal como les había enseñado el Capitán. Ésa que brillaba rojiza, no era una estrella, era el planeta Marte. Y ésa otra azul, era el planeta Venus.

Del cielo habían aprendido tres cosas:

1)Las estrellas titilan.

2)Los planetas brillan con luz fija.

3)El sol sale por el Este, siempre. Y se pone por el Oeste, también siempre.

Además están las constelaciones, más difíciles de reconocer. Noé y Marina sólo conocían una, la Osa Mayor. Parecía una cuchara y a los marinos les permitía encontrar fácilmente la posición de la Estrella Polar. La que a su vez les indicaba la posición del Polo Norte.

Y del mar, ¿que habían aprendido?

Era una noche calma y sin viento. Los hermanos estaban sentados en las sogas de cubierta y conversaban. Quizá por primera vez desde que habían salido de Miami.

Quizá por primera vez...

Les parecía extraño que una noche así, tan serena y con un mar tan tranquilo, pudiera cambiar, y a veces repentinamente. El mar podía volverse montañas de agua, y el viento ponerse a soplar con furia y arrasar con todo. Con peces y pájaros.

—Y con la gente —dijo Marina—. Como le pasó a la señora de Ponce.

En eso se les acercó Carmen.

—¿Tú sabes bucear? —le preguntó Marina.

—Sí.

—¿Y es peligroso? ‑volvió a preguntar Marina.

—No, si se toma cuidado —contestó Carmen.

—¿Y por qué no nos enseñas? —dijo Marina.

—Yo he buceado con mamá en Veracruz —dijo Noé.

—Si paramos en Virgen Gorda, los llevo a bucear a la playa —dijo Carmen.

—¿Y vamos a parar? —preguntaron Noé y Marina.

—Creo que sí. El capitán piensa anclar unas horas y poner orden en el Mazapán, antes de entregárselo a sus nuevos dueños.

Siguieron motoreando con el viento de nariz y cielo despejado. Al amanecer hubo un poco más de oleaje. Alguna ola perdida, bastante grande, rompía a estribor. Juan Pintado corría a esconderse en algún rincón y se ponía a decir cosas en el dialecto de los loros. Cosas que nadie podía entender.

—Son olas del noreste —les explicó el Capitán—. Han corrido miles de millas de océano sin que nada se les interpusiera en su camino.

Junio 15. 00:11. Avistamos Vieques a las 10:30 y decidimos seguir. Con el viento igual de calmo que los pasados tres días nos dirigimos en dirección noreste hacia el anclaje de los Baths, Virgen Gorda.

Junio 16. 20:00. Virgen Gorda. Fondeamos frente a los gigantescos peñones de granito en la playa de los Baths alrededor de las 15:00.

Ni bien anclaron en Virgen Gorda, Carmen cumplió su promesa y llevó a los chicos a bucear a la playa de Baths.

Marina no salía de su asombro.

Cada vez que se zambullía, veía el mundo maravilloso de los programas de televisión. Sólo que ahora era ella misma quien se movía en el fondo, a pocos pies de profundidad, y con Carmen, que la tenía de las manos para protegerla. Los pelos le subían y bajaban y se mezclaban con los peces y con algún caballito de mar, que pasó derechito, como si viajara parado.

Carmen la sostenía con una mano y con la otra le indicaba que se ajustara la máscara de buceo. Marina nunca había usado una máscara de buceo.

Noé había buceado en Veracruz, pero se había olvidado. Y por eso las seguía. Y se fijaba en todo lo que hacía Carmen.

Al pasar cerca de un caracol lo vio moverse. Por debajo del caparazón asomaron unas patitas rojas y violetas que avanzaban un poco y paraban, moviéndose de un costado a otro, como si no supiera bien a dónde iba.

Tal vez le pesa demasiado el caparazón, pensó Noé.

Hubo un revoltijo en la arena y Carmen apuntó con la mano hacia el fondo. Marina y Noé vieron la silueta de una gran mariposa que salía de la arena, con una cola larga y finísima. La mariposa les pasó por abajo y pudieron ver unas aletas gigantescas y negras, salpicadas de puntos blancos.

Carmen señaló la cola como diciendo, cuidado, no la toquen, es peligroso.

—Eso que vieron era una raya —gritó Carmen cuando salieron a flote—. ¡Tan grande como tú, Marina!

Marina no sabía lo que era una raya, pero gracias a Carmen

y la máscara de buceo, Marina había visto por primera vez en su vida el mar de abajo.

—Me sentía muy liviana —dijo—. ¡Como si volara!

Junio 18. 15:00. ¡Guadalupe!

Junio 19. 16:00. ¡Dominica!

Junio 20. ¡Todo el día en Dominica! A partir de aquí vienen las Antillas Menores.

A lo lejos vieron cómo se sucedían las islas, una tras otra.

—Las Antillas menores son como puntos suspensivos —dijo Carmen, mirando la carta—. Pero no debían acercarse demasiado. Habían aprendido que oír las rompientes es señal de alarma.

Para un barco lo más seguro era el mar abierto.

Junio 24. 17:00. ¡Granada! ¡La isla de las especias!

—Huele a canela —dijo Noé.

El Mazapán todavía no había entrado a la bahía y ya se olían las especias por todos lados.

—Yo huelo el jengibre —dijo Marina.

—¡Ay! Y yo, el puro clavo —dijo Carmen.

Fondearon y remaron hacia el pueblo sin perder tiempo, con el tiempo justo para almorzar en el mercado. En el viaje de vuelta no hicieron otra cosa que elogiar el mango con leche fría de coco.

Nunca lo olvidarían.

—¿Les gustó la comida, hijos? —preguntó el Capitán.

—Muchísimo.

—¿Más que la de Samana? —preguntó Pepe.

—No, claro —dijo Marina.

Pero se la sirvió una mujer que ella nunca podrá olvidar. Llevaba un pañuelo anaranjado en la cabeza, una blusa blanca, la falda ancha y muchas enaguas de colores. Tenía los dedos repletos de sortijas de distintos tamaños. Y se protegía con una sombrilla roja.

Fue ella quien les vendió el cofrecito de hilo de palma y las enormes nueces moscadas.

Noé había elegido el cofrecito y Marina la nuez. Uno dentro del otro hacían el perfecto regalo para mamá.

Al despedirse la mujer, les dio dos sonoros besos.

Cuando volvían remando al Mazapán vieron a un niño, tal vez de unos diez años, la edad de Noé, que sacaba del agua una enorme red y la subía a una canoa. Junto a él, en la canoa, venía un señor mayor. Seguramente debía ser su padre. Se quedaron sorprendidos al ver con qué facilidad el niño daba vueltas a la red y volvía a arrojarla al mar. El padre reía, porque de vez en cuando el niño no apuntaba bien y una parte de la red caía sobre la canoa y lo pescaba al padre.

—Noé, sácales una foto —dijo el Capitán.

Noé enfocó, pero un barco se cruzó y no pudo verlos. Y cuando pudo verlos, ya la canoa con el niño y el padre se habían alejado. El niño se había puesto de pie en la canoa y parecía saludarlos con la mano.

6

Y ahora la escena que Noé esperó tanto tiempo.

El Mazapán se acercaba a la isla de Bequia, su destino. El viaje había durado más de tres semanas pero parecía que habían zarpado ayer.

La voz del padre pareció venir desde atrás del viento.

—Noé, ¿quieres asumir el timón? Es el último tramo.

Juan Pintado, que venía en el hombro del Capitán, comenzó a sacudirse y parecía a punto de perder el equilibrio.

—¿Contra la corriente, papá?

—¡Sí! Tú puedes —dijo el Capitán. Y se quedó con una mano en el timón y la otra suelta, esperándolo para darle la bienvenida al nuevo timonel.

Ese último tramo era corto pero a Noé le pareció durar una eternidad.

El Mazapán iba acelerado. Lo empujaba la corriente. Rolaba a los costados.

Ahora avanzaban entre dos masas rocosas, y cuando la corriente cambió, Noé lo acercó a las zonas menos profundas de la costa.

Era una maniobra para evitar el empuje de la corriente pero se corría el riesgo de irse a las rocas. Se acercaba tanto que podían ver y oír las olas reventando contra los peñascos.

Pero esa clase de maniobra el padre la hizo muchas veces,

y Noé la conocía de memoria... Virar, acercarse a las rocas, hasta ver la espuma blanca.

De pronto la corriente cesó, y por un rato el mar pareció un remanso. Entonces Noé dio un giro brusco de timón y salieron a mar abierto otra vez.

—¡Excelente! ¡Excelente maniobra! —dijo el padre.

Con el viento de nariz entraron a la bahía de Bequia,

Al costado aparecieron las laderas, abruptas, con poblaciones pequeñas y una vegetación colorida, casi selvática.

Y entonces ocurrió algo inesperado. Juan Pintado se puso a chillar y a bailar de contento.

—¡Yucatán! ¡Yucatán! —gritaba como enloquecido.

—¡Yucatán! ¡Yucatán!

Entonces por primera vez entendieron. Yucatán no era un lugar para Juan. Era llegar a puerto, el descanso, el fin del viaje.

—A ver Marinita —dijo Carmen—, ponte al timón a ver qué hace el cotica este.

Noé se movió a un costado y Marina cogió el timón.

—Ahora, canta conmigo —dijo Carmen.

Marina se puso a cantar.

—Yucatán, Yucatán.

—Canta tú también, Noé.

Al principio Juan Pintado parecía confundido. Luego estiró el cuello para husmear a Marina y luego a Noé. Y al enderezarse ofreció una pata. Y cuando Noé estiró el dedo saltó bruscamente y se le subió al hombro. Y después al de Marina, y otra vez al de Noé, y así hasta que el Capitán dio la orden de tirar el ancla.

Apenas se pusieron al viento vieron acercarse una lancha con dos señores y varios jóvenes.

Eran los nuevos dueños y venían a darle la bienvenida a su barco.

—Pues bien —dijo el Capitán—. Ha llegado la hora de decirle adiós al Mazapán. Pero Juan Pintado viene con nosotros.

Epílogo

El avión iba ganando altura. Pepe y Carmen les decían adiós desde la pista. Volverían a verse en diciembre. Pepe lo había prometido.

Abajo, en los pantanos, podían ver árboles al borde del agua. Todo se iba achicando a medida que subían. Al pasar el avión, unas garzas, blancas como flores, levantaron vuelo. Y tras ellas un buitre o algún pájaro parecido que se quedó flotando en el aire.

Noé pensó en lo que había sentido el día de la garza azul, en cómo desde arriba todo parecía otra cosa.

Y también pensó en el Mazapán. En cómo desde abajo, en el agua, se veían cosas que nunca vería desde arriba.

—Papá, voy a escribir un diario —dijo Noé—, un libro con todas las cosas que nos pasaron en el Mazapán.

—Ah, yo también —dijo Marina.

—Muy bien. ¿Y cómo lo van a llamar? —preguntó el padre.

—Pues...—¡Yucatán! ¡Yucatán! —chilló Juan desde su bolso.

—¡Juan Pintado! —dijo Noé.

—Sí, sí —dijo el padre—. Lo vuelve loco ver el mar desde arriba.

—No, papá —rió Noé—, Juan Pintado es el nombre que pienso poner al libro.

—¿Juan Pintado? ¿Así nomás?

—¡El misterio de Juan Pintado! —dijo Marina.

—Eso me gusta —dijo Noé—. "El misterio de Juan Pintado".

Acerca de los autores

Pedro Cuperman nació en Buenos Aires, Argentina. Enseña Literatura Latinoamericana en la Universidad del Syracuse y escribe sobre crítica y ficción. Es también editor de periódico bianual <u>Point of Contact</u>. Su último libro, <u>Tango</u> (1991), fue producto del trabajo conjunto con la artista Nancy Graves.

Irene Vilar nació en Arecibo, Puerto Rico. Estudió en la Universidad de Syracuse. Su primer libro, <u>A Message From God in the Atomic Age</u>, será publicado por Pantheon Books (Random House) en la primavera de 1996.

Syracuse, New York, 1995.

Acerca del ilustrador

Raúl Colón es un ilustrador que vive con su familia en New City, New York. Sus ilustraciones aparecieron en diversas publicaciones, entre ellas <u>The New York Times</u> y <u>The New Yorker</u>. Entre sus libros premiados figuran <u>Always My Dad</u>, escrito por Sharon Dennis Wyeth y <u>My Mama Had a Dancing Heart</u>, escrito por Libba Moore Gray. Éste es su primer libro para Scholastic Inc.